Grandma Fina
And Her Wonderful Umbrellas

La Abuelita Fina y sus sombrillas maravillosas

To my sister Linda Paredes, who gave me this
story so I could give it to you.
–Benjamin Alire Sáenz

In memory of my abuelita Maria,
who was my first inspiration.
–Geronimo Garcia

Grandma Fina laughed and laughed as she walked down the street with her fine yellow umbrella and her fine yellow purse and her fine yellow shoes. I love my yellow umbrella, she said to herself. My yellow umbrella keeps me cool on a warm sunny day.

La Abuelita Fina reía y reía mientras caminaba por la calle con su linda sombrilla amarilla y su linda bolsa amarilla y sus lindos zapatos amarillos. "Quiero mucho a mi sombrilla amarilla", se dijo a si misma. "Mi sombrilla amarilla me mantiene fresca en un caluroso día de sol".

3

Grandma Fina saw Mrs. Byrd picking flowers in her yard.

"Hello, Mrs. Byrd," she said.

"Hello, Grandma Fina," Mrs. Byrd said.

"Fine day," Grandma Fina said.

"Fine day," Mrs. Byrd said.

"Fine flowers," Grandma Fina said.

"Fine flowers," Mrs. Byrd said.

La Abuelita Fina vio a la Señora Byrd recogiendo flores en su jardín.

—Hola, Señora Byrd —le dijo.

—Hola, Abuelita Fina —dijo la Señora Byrd.

—Lindo día —dijo la Abuelita Fina.

—Lindo día —dijo la Señora Byrd.

—Lindas flores —dijo la Abuelita Fina.

—Lindas flores —dijo la Señora Byrd.

4

Grandma Fina smiled. Mrs. Byrd smiled. Then Grandma Fina kept on walking. But Mrs. Byrd noticed that Grandma Fina's yellow umbrella was old and torn.

Grandma Fina needs a new umbrella, she thought. She needs a new umbrella.

La Abuelita Fina sonrió. La Señora Byrd sonrió. Después la Abuelita Fina siguió su camino. Pero la Señora Byrd se dio cuenta de que la sombrilla amarilla de la Abuelita Fina estaba vieja y rasgada. "La Abuelita Fina necesita una sombrilla nueva", pensó. "Necesita una sombrilla nueva".

5

Grandma Fina didn't care that her yellow umbrella was old and torn. Her yellow umbrella was her friend. Then Grandma Fina saw her daughter Cecilia watering her garden.

"Good morning, hijita de mi vida," Grandma Fina said.

"Good morning, mamacita de mi corazón," Cecilia said.

A la Abuelita Fina no le importaba que su sombrilla amarilla estuviera vieja y rasgada. La sombrilla amarilla era su amiga. Poco después, la Abuelita Fina vio a su hija Cecilia regando su jardín.

—Buenos días, hijita de mi vida —le dijo la Abuelita Fina.

—Buenos días, mamacita de mi corazón —le dijo Cecilia.

"Te adoro," Grandma Fina said.

"I love you, too," Cecilia answered.

Then Cecilia smiled and said, "I think you have a torn umbrella."

"Yes," Grandma Fina said. "I think I have a torn, yellow umbrella." And she kept walking down the street.

—Te adoro —le dijo la Abuelita Fina.

—Yo también te quiero —le contestó Cecilia. Entonces Cecilia se sonrió y le dijo: —Me parece que tu sombrilla está rasgada.

—Sí —dijo la Abuelita Fina—, me parece que mi sombrilla amarilla está rasgada.

Y siguió caminando por la calle.

Grandma Fina greeted Mrs. García, who was sitting on her front porch.

"You have a wonderful porch," Grandma Fina said.

"Yes," Mrs. García said, "I have a wonderful porch."

And then Mrs. García noticed Grandma Fina's torn umbrella.

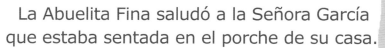

La Abuelita Fina saludó a la Señora García que estaba sentada en el porche de su casa.

—Tiene usted un porche maravilloso —dijo la Abuelita Fina.

—Sí —dijo la Señora García—, tengo un porche maravilloso.

Entonces la Señora García se fijó en la sombrilla rasgada de la Abuelita Fina.

8

Mrs. García didn't want to hurt Grandma Fina's feelings by telling her she needed a new umbrella, so she smiled and said, "What a beautiful yellow umbrella."

"Yes," Grandma Fina said. "A beautiful yellow umbrella." And she kept walking down the street.

La Señora García no quería herir los sentimientos de la Abuelita Fina diciéndole que necesitaba una sombrilla nueva, así que sonrió y le dijo:

—¡Qué hermosa sombrilla amarilla!

—Sí —dijo la Abuelita Fina—, es una hermosa sombrilla amarilla.

Y siguió su camino por la calle.

9

Mr. López was picking tomatoes. Wonderful tomatoes, he thought, wonderful, wonderful! Just then he saw Grandma Fina walking down the street with her torn, yellow umbrella and her yellow shoes and her yellow purse.

El Señor López estaba recogiendo tomates. "Maravillosos tomates", pensó, "maravillosos, maravillosos". De pronto vio a la Abuelita Fina caminando por la calle con su sombrilla amarilla rasgada y sus zapatos amarillos y su bolsa amarilla.

"Would you like a tomato?" Mr. López asked.

"Yes, I would like a tomato!" Grandma Fina said, and she put the tomato in her purse. "Wonderful tomatoes!" she said. "Wonderful like my yellow umbrella!" And she kept walking down the street.

—¿Le gustaría un tomate? —le preguntó el Señor López.

—Sí, me gustaría un tomate —le dijo la Abuelita Fina y guardó el tomate en su bolsa.

—Maravillosos tomates —dijo—, tan maravillosos como mi sombrilla amarilla.

Y siguió su camino por la calle.

Benito, Ángel, and Gloria yelled when they saw their Grandma Fina. "Grandma Fina! Grandma Fina!" Then Benito hugged her. Then Ángel hugged her. Then Gloria hugged her. Wonderful hugs. Wonderful like Mr. López's tomatoes.

Benito, Ángel y Gloria gritaron cuando vieron venir a su Abuelita Fina.

—¡Abuelita Fina, Abuelita Fina!

Benito la abrazó primero. Luego Ángel la abrazó. Y luego Gloria la abrazó. Maravillosos abrazos. Tan maravillosos como los tomates del Señor López.

12

"How are my grandchildren?" Grandma Fina asked.

"Wonderful!" Benito yelled.

"Wonderful!" Ángel yelled.

"Wonderful!" Gloria yelled. Grandma Fina hugged them again and kept walking.

"Her umbrella is torn," Benito whispered.

"Yes," Ángel said.

"Yes, yes," Gloria said.

—¿Cómo están mis nietos? —preguntó la Abuelita Fina.

—¡De maravilla! —gritó Benito.

—¡De maravilla! —gritó Ángel.

—¡De maravilla! —gritó Gloria.

La Abuelita Fina los abrazó de nuevo y siguió caminando.

—Su sombrilla está rasgada —dijo Benito en voz baja.

—Es cierto —dijo Ángel.

—Sí, sí —dijo Gloria.

13

Tommy the Terror skated past Grandma Fina on his skate board.

"Hellooooo!" he said.

"Helloooo!" Grandma Fina said.

And just then Tommy the Terror fell off his skateboard.

"You're going to get all scraped up," Grandma Fina said.

Tomasito el Terror pasó por el lado de la Abuelita Fina en su patineta.

—Hooooola —dijo.

—Hooooola —le dijo la Abuelita Fina.

En ese momento Tomasito el Terror se cayó de su patineta.

—Te vas a raspar de arriba abajo —le dijo la Abuelita Fina.

14

"Yes, I'm going to get all scraped up," Tommy the Terror said. "But even if I get all scraped up, I'll never look as bad as your torn umbrella." And Tommy the Terror skated away. Grandma Fina shook her head and kept walking down the street.

—Sí, me voy a raspar de arriba abajo —dijo Tomasito el Terror—, pero no importa cuanto me raspe, nunca me veré tan mal como se ve su sombrilla rasgada.
   Y Tomasito el Terror se fue volado en su patineta. La Abuelita Fina meneó su cabeza y siguió caminando por la calle.

15

Grandma Fina saw Mr. Johnson mowing his grass. "You have nice green grass," Grandma Fina said.

"Yes, my grass is very green," Mr. Johnson said.

"Yes," Grandma Fina said, "it's wonderful—just like Mr. López's tomatoes."

La Abuelita Fina vio al Señor Johnson cortando su césped.

—Tiene usted un lindo césped verde —dijo la Abuelita Fina.

—Sí, mi césped está muy verde —dijo el Señor Johnson.

—Es cierto —dijo la Abuelita Fina—, es maravilloso. Igual que los tomates del Señor López.

16

"Yes," Mr. Johnson said. "But Tommy the Terror likes to stomp on my grass. And he's not wonderful."

"No," Grandma Fina said, "not wonderful, but my yellow umbrella is wonderful!" Mr. Johnson noticed her torn umbrella. Not wonderful, he thought, not wonderful at all.

—Sí —dijo el Señor Johnson—, pero a Tomasito el Terror le gusta pisotear mi césped. El no es maravilloso.

—No —dijo la Abuelita Fina—, él no es maravilloso, pero mi sombrilla amarilla, esa sí es maravillosa.

El Señor Johnson se fijó en la sombrilla rasgada. "Maravillosa, no", pensó, "no tiene nada de maravillosa".

17

La Abuelita Fina vio a la Señora Wong que se acercaba por la banqueta con su perro, Jack. Jack meneó la cola cuando vio a la Abuelita Fina.

—¡Qué perro tan maravilloso eres, Jack! —dijo la Abuelita Fina.

—¡Qué zapatos amarillos tan maravillosos! —exclamó la Señora Wong.

Up ahead on the sidewalk, Grandma Fina saw Mrs. Wong walking her dog Jack. Jack wagged his tail when he saw Grandma Fina.

"What a wonderful dog you are, Jack!" Grandma Fina said.

"What wonderful yellow shoes," Mrs. Wong answered.

"And what a wonderful yellow purse. And what a wonderful yellow—" then Mrs. Wong saw Grandma Fina's torn umbrella. "Your umbrella is torn," Mrs. Wong said.

"Yes, but isn't it wonderful?" Grandma Fina said.

"Yes," Mrs. Wong said, but she didn't think a torn yellow umbrella was wonderful.

—Y que bolsa amarilla tan maravillosa. Y que sombrilla amarilla...

De pronto la Señora Wong se fijó en la sombrilla rasgada de la Abuelita Fina.

—Su sombrilla está rasgada —dijo la Señora Wong.

—Es cierto, pero, ¿no es maravillosa? —dijo la Abuelita Fina.

—Sí —dijo la Señora Wong, pero en realidad no le parecía que una sombrilla amarilla rasgada fuera maravillosa.

19

Grandma Fina's son, Rubén, waved at her. "Hello, Mother," he said.
"Hello, Rubén," Grandma Fina said. "I went for a walk and I saw Mrs.
Byrd and her wonderful flowers and your sister Cecilia and Mrs. García
on her porch and Mr. López, who gave me a tomato, and Benito and
Ángel and Gloria gave me…

Rubén, el hijo de la Abuelita Fina,
la saludó agitando la mano.
—Hola, mamá —dijo.
—Hola, Rubén —le dijo la Abuelita Fina.
—Salí a caminar y vi a la Señora Byrd y
sus flores maravillosas y a tu hermana Cecilia y a la Señora
García en el porche de su casa y al Señor López que me dio un
tomate y a Benito, Ángel y Gloria que me dieron…

...hugs, and I saw Tommy the Terror, who isn't wonderful, and Mr. Johnson and his green grass, and Mrs. Wong and her wonderful dog Jack! And they all thought my yellow umbrella was wonderful."

"I see," Rubén said.

...abrazos y vi a Tomasito el Terror, quien no es maravilloso, y al Señor Johnson y su césped verde y a la Señora Wong y su maravilloso perro Jack. Y a todos ellos les pareció que mi sombrilla amarilla rasgada era maravillosa.

—Entiendo —dijo Rubén.

21

The next day, as Grandma Fina passed Cecilia's house with her yellow umbrella and her yellow purse and her yellow shoes, Cecilia yelled, "Come in! Come in!"

"Yes, I'll come in," Grandma Fina said, and she walked into her daughter's house, and...

Al siguiente día, cuando la Abuelita Fina pasaba por enfrente de la casa de su hija con su sombrilla amarilla y su bolsa amarilla y sus zapatos amarillos, Cecilia la llamó:

—Entra, entra.

—Sí, voy a entrar —dijo la Abuelita Fina, y cuando entró a la casa de su hija...

22

…everyone was there yelling, "Surprise, Grandma Fina! Happy birthday!"

"What a wonderful surprise," Grandma Fina said, "wonderful!" And she hugged everyone in the room—even Tommy the Terror. They ate birthday cake and then it was time for presents.

…todos estaban ahí gritando: —¡Sorpresa! Abuelita Fina. ¡Feliz cumpleaños!

—¡Qué maravillosa sorpresa! —dijo la Abuelita Fina—, ¡maravillosa!

Y abrazó a todos los que estaban ahí, incluso a Tomasito el Terror. Comieron pastel de cumpleaños y luego llegó la hora de abrir regalos.

23

"We got you an umbrella!" Benito and Ángel and Gloria yelled.

"I got you an umbrella, too!" Cecilia said.

"Oh no," Rubén said, "me, too!"

"No!" Mrs. Wong said, "me, too!"

"So did I," Mr. Johnson screamed.

"Me, too!" shouted Tommy the Terror.

—Te compramos una sombrilla —gritaron Benito y Ángel y Gloria.

—Yo también te compré una sombrilla —dijo Cecilia.

—O, no —dijo Rubén—, también yo.

—Ay, ay —dijo la Señora Wong—, yo también.

—Y yo —gritó el Señor Johnson.

—Igual yo —exclamó Tomasito el Terror.

24

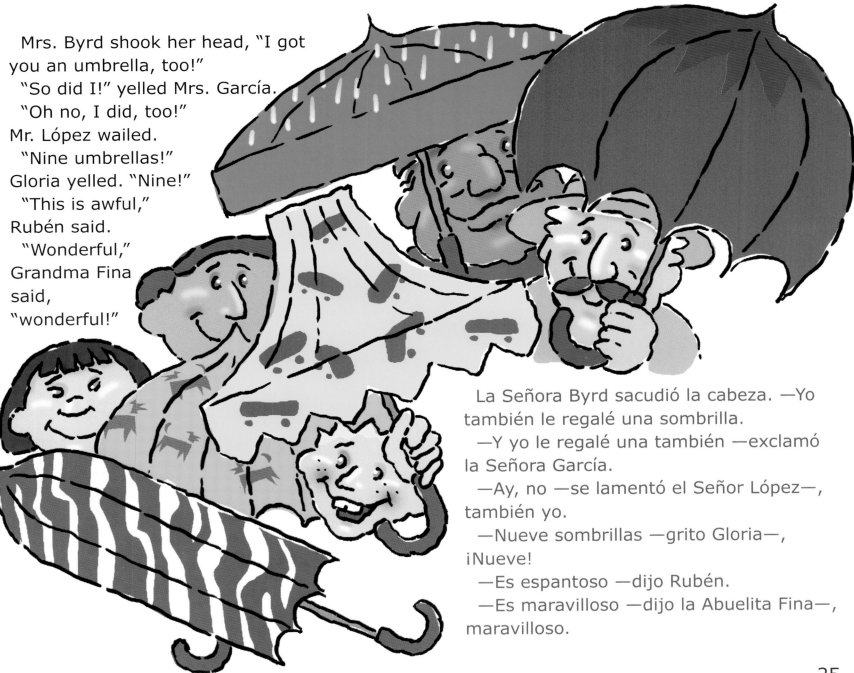

Mrs. Byrd shook her head, "I got you an umbrella, too!"

"So did I!" yelled Mrs. García.

"Oh no, I did, too!" Mr. López wailed.

"Nine umbrellas!" Gloria yelled. "Nine!"

"This is awful," Rubén said.

"Wonderful," Grandma Fina said, "wonderful!"

La Señora Byrd sacudió la cabeza. —Yo también le regalé una sombrilla.

—Y yo le regalé una también —exclamó la Señora García.

—Ay, no —se lamentó el Señor López—, también yo.

—Nueve sombrillas —grito Gloria—, ¡Nueve!

—Es espantoso —dijo Rubén.

—Es maravilloso —dijo la Abuelita Fina—, maravilloso.

25

The next day, Grandma Fina waited for her son Rubén to give her a ride. She stood outside her house holding her 10 umbrellas—Mr. López's tomato umbrella, Mrs. Wong's dog umbrella, Mrs. García's umbrella with suns and moons, Mr. Johnson's green grass umbrella, her grandchildren's star umbrella, Cecilia's blue umbrella, Rubén's zebra umbrella...

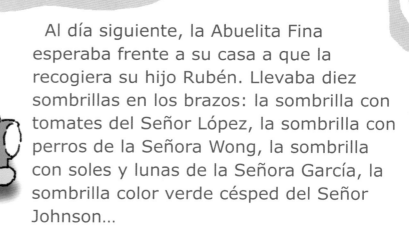

Al día siguiente, la Abuelita Fina esperaba frente a su casa a que la recogiera su hijo Rubén. Llevaba diez sombrillas en los brazos: la sombrilla con tomates del Señor López, la sombrilla con perros de la Señora Wong, la sombrilla con soles y lunas de la Señora García, la sombrilla color verde césped del Señor Johnson...

...Mrs. Byrd's flower umbrella, and Tommy the Terror's skateboard umbrella. And, of course, her old yellow umbrella.

"I'm going to visit my friends," she told Rubén.

...la sombrilla de estrellas de sus nietos, la sombrilla azul de Cecilia, la sombrilla de rayas como de cebra de Rubén, la sombrilla floreada de la Señora Byrd y la sombrilla con patinetas de Tomasito el Terror. Y, por supuesto, que no podía faltar su vieja sombrilla amarilla.

—Voy a visitar a mis amigas —le dijo a Rubén.

27

When Rubén stopped in front of the Cielito Lindo Community Center, Grandma Fina got out of the car.

Grandma Fina marched into the Cielito Lindo with her ten umbrellas. A few minutes later, Grandma Fina and nine of her friends walked outside and every one of the nine friends was holding up a new umbrella.

28

Cuando Rubén se detuvo frente al Centro de la Comunidad Cielito Lindo, la Abuelita Fina se bajó del auto.

La Abuelita Fina entró al Centro Cielito Lindo con paso firme y sus diez sombrillas. Unos minutos después, la Abuelita Fina y nueve de sus amigas salieron a la calle y cada una de sus nueve amigas sostenía en alto una sombrilla nueva.

And Grandma Fina, well, Grandma Fina kept her favorite—her old yellow umbrella. As they all marched down the street, Grandma Fina kept saying, "Wonderful! Wonderful! Isn't this wonderful?"

Y la Abuelita Fina...
bueno, la Abuelita
Fina se quedó con su
favorita: su vieja
sombrilla amarilla. Al
marchar todas por la
calle, la Abuelita Fina
decía una y otra vez:
— ¡Qué maravilla!
¡Qué maravilla!
¿No es esto
maravilloso?

31

Other Bilingual Storybooks from Cinco Puntos Press

A Gift from Papá Diego /
Un regalo de Papá Diego

by Benjamin Alire Sáenz
Illustrated by Geronimo Garcia

Tell Me a Cuento /
Cuéntame un Story

by Joe Hayes
Illustrated by Geronimo Garcia

Watch Out for Clever Women! /
¡Cuidado con las mujeres astutas!

by Joe Hayes
Illustrated by Vicki Trego Hill

La Llorona / The Weeping Woman

by Joe Hayes
Illustrated by Vicki Trego Hill

The Story of Colors /
La Historia de los Colores

by Subcomandante Marcos
Illustrated by Domitila Domínguez

For more information about our books,
see **www.cincopuntos.com** or contact:

Cinco Puntos Press
2709 Louisville
El Paso, TX 79930
1-800-566-9072

Grandma Fina and Her Wonderful Umbrellas. Copyright © 1999 by Benjamin Alire Sáenz. *La Abuelita Fina y sus sombrillas maravillosas.* Translation Copyright © 1999 by Cinco Puntos Press. Illustrations Copyright © 1999 by Geronimo Garcia.

Printed in Hong Kong.

First Edition

10 9 8 7 6 5 4 3 2 1

Library of Congress Cataloging-in-Publication Data

Sáenz, Benjamin Alire.
   Grandma Fina and her wonderful umbrellas = La abuelita Fina y sus sombrillas maravillosas / by Benjamin Alire Sáenz ; with illustrations by Geronimo Garcia : translated by Pilar Herrera. – 1st ed.
   cm.

   Summary: After her friends and family all notice that her favorite yellow umbrellas is torn, Grandma Fina gets quite a surprise on her birthday.
   ISBN 0-938317-46-6
   [1. Umbrellas and parasols Fiction. 2. Grandmothers Fiction. 3. Birthdays Fiction. 4. Spanish language materials—Bilingual.]
I. García, Geronimo, 1960- ill. II. Herrera, Pilar. III. Title. IV. Title: Abuelita Fina y sus sombrillas maravillosas.
PZ73.S247   1999

                      [E]—dc21
                      99-14134

                      CIP

NATIONAL ENDOWMENT FOR THE ARTS

Funded in part by the National Endowment for the Arts.

Book design by Geronimo Garcia of El Paso, Texas.
And thanks once again to Daniel Santacruz, Spanish-language editor and a good friend.